La mouche qui pète

À Louisiane
M.E.

Merci à Roald Dahl pour ses histoires
et à Mrs. Curtis pour me les avoirs lues !
K.D.

ISBN 978-2-211-20508-5
Première édition dans la collection *lutin poche* : avril 2011

Loi numéro 49 956 du 16 juillet 1949 sur les publications
destinées à la jeunesse : septembre 2009
Dépôt légal : août 2015
Imprimé en France par I.M.E. à Baume-les-Dames

Michaël Escoffier Kris Di Giacomo

kaléidoscope
lutin poche de l'école des loisirs
11, rue de Sèvres, Paris 6e

C'est la mouche qui pète
au nez du papillon.

Prout !

Flip flap

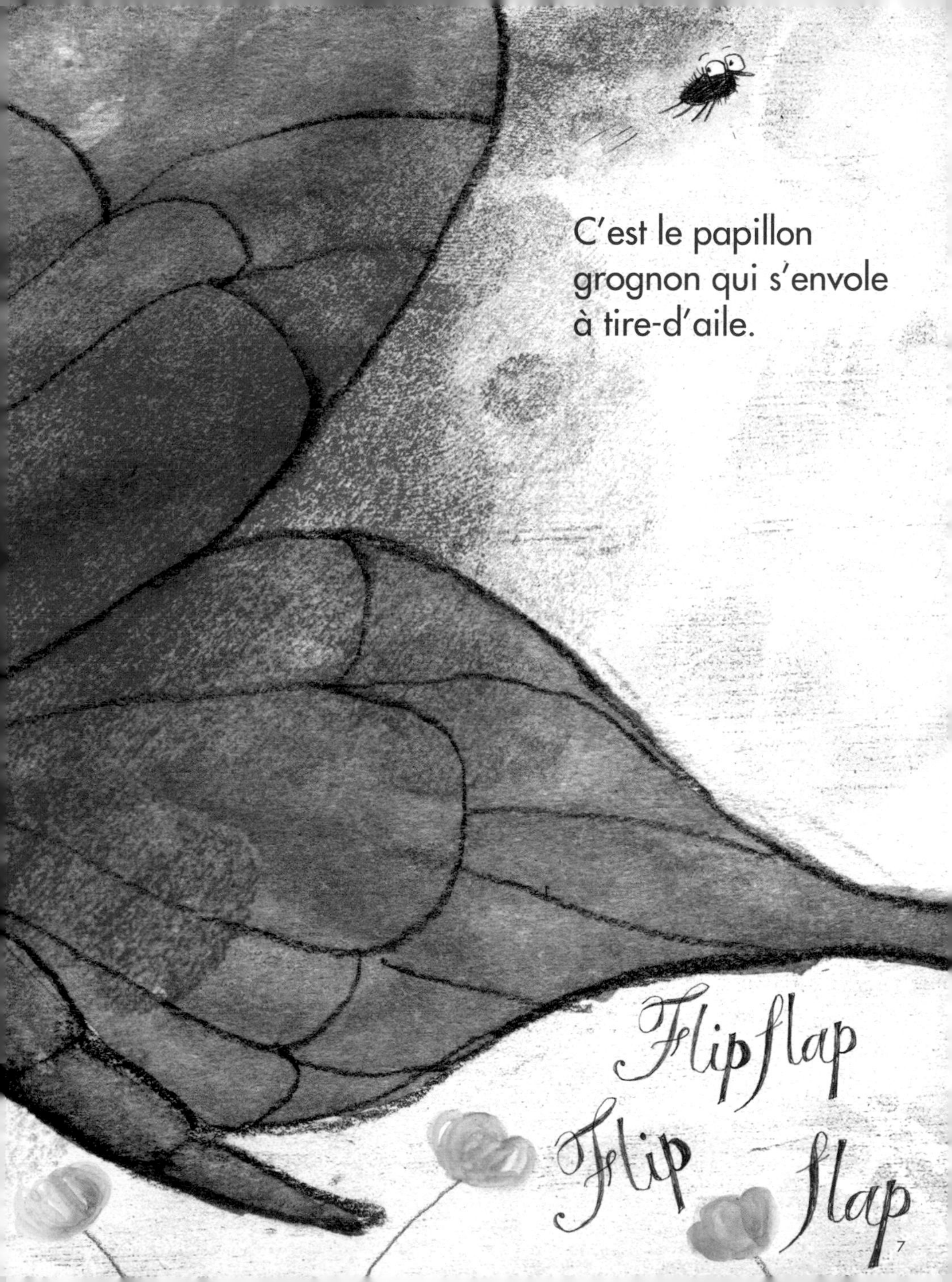

C'est le papillon
grognon qui s'envole
à tire-d'aile.

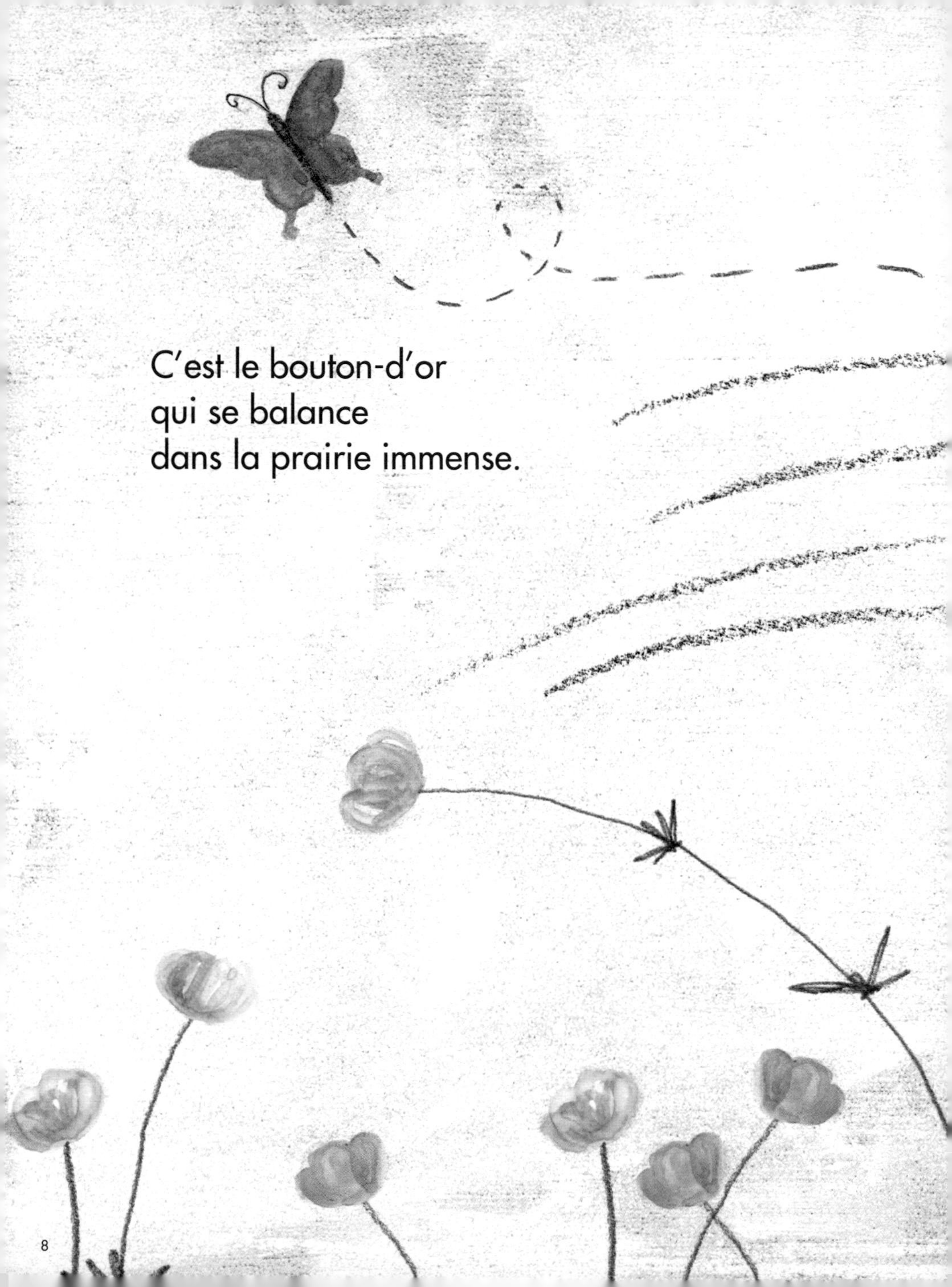

C’est le bouton-d’or
qui se balance
dans la prairie immense.

Ding dong!

C'est la perle de rosée
qui vole en éclats.

Splatch!

C'est le ver arrosé
qui se dresse comme un i.

C’est le crapaud
qui bondit
par-dessus
la chaussée.

Boïng !

C'est le vélo du facteur
qui termine dans le fossé.

Crac!

Pin Pon

Pin Pon

C’est le camion du pompier
qui s’arrête pour l’aider.

C'est le feu qui dévore
la forêt solitaire.

C'est la fumée qui monte
au-dessus des coteaux.

Pschhhh!

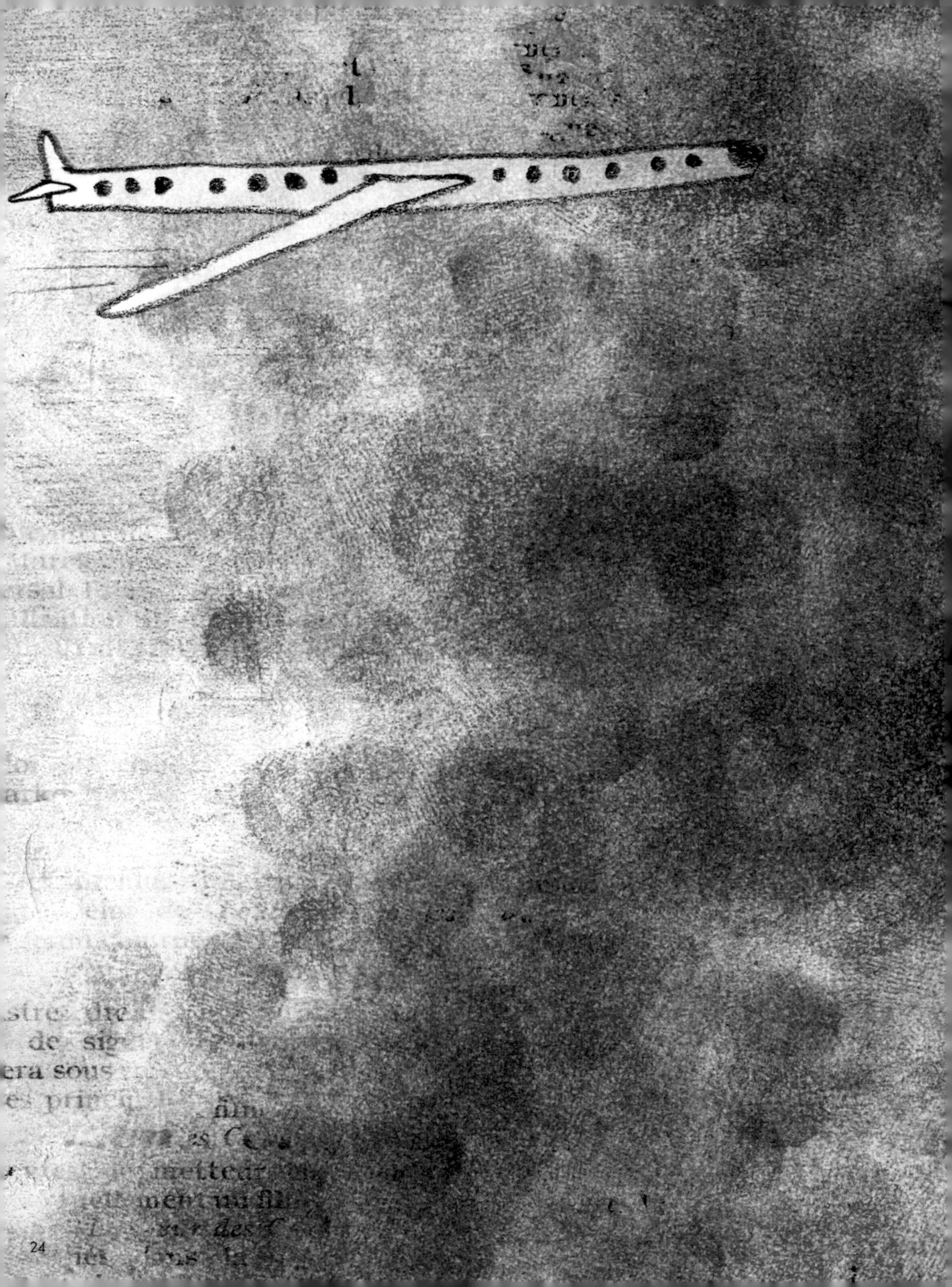

C'est le vent qui la pousse
toujours plus haut…
toujours plus haut.

Whouuuu !

C'est l'avion aveuglé
qui s'écrase sur la ville.

Boum!

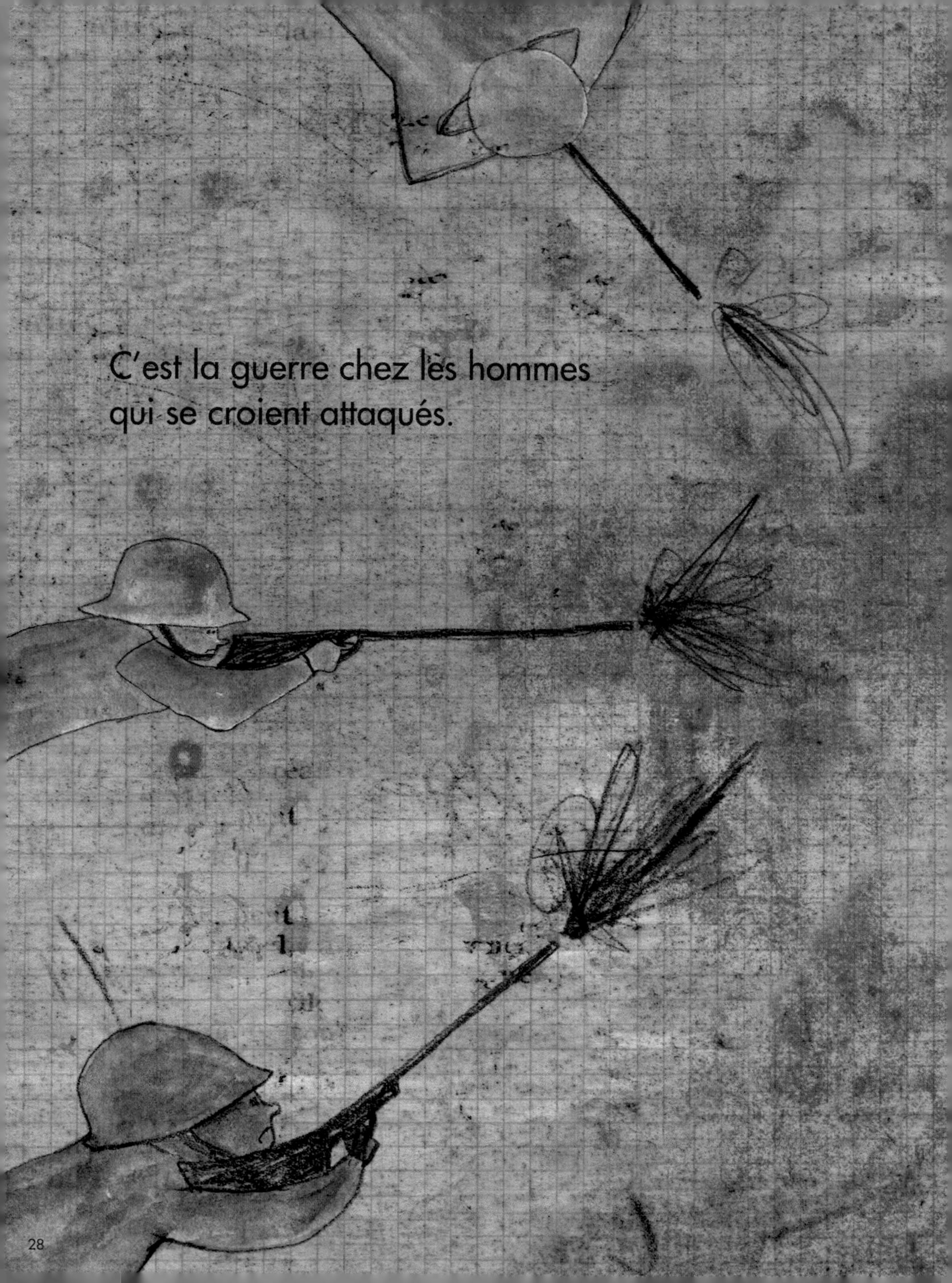

C'est la guerre chez les hommes
qui se croient attaqués.

Baoum!

C'est le bruit des canons…

… et des chars qui défilent.
Boum !

C'est la terre qui succombe
sous une pluie de bombes.

Et tout ça pourquoi ?
Parce qu'une mouche a pété ?

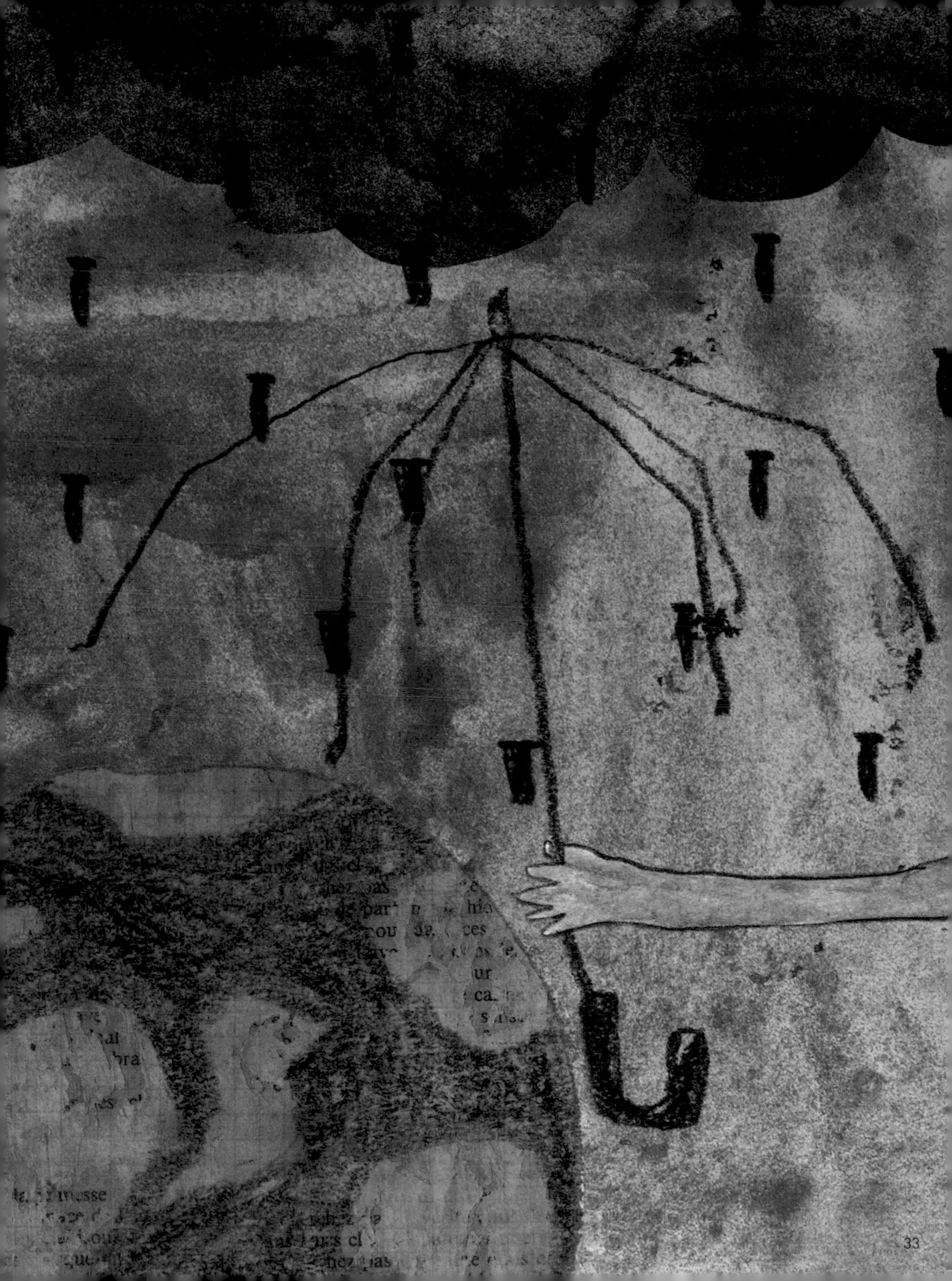

Alors, si un jour tu vois une mouche
qui pète au nez d'un papillon,
explique-lui gentiment
que cela ne se fait pas.

La Terre entière
te remerciera.

Il paraît qu'une mouche qui pète
peut déclencher
un véritable cataclysme
à l'autre bout de la planète…

ISBN 978-2-211-20508-5 / 08.2015

9 782211 205085

www.ecoledesloisirs.fr